gontRANd
et Le cRoissAnt
des
CAVERNES

Données de catalogage avant publication (Canada)

Papineau, Lucie
Gontrand et le croissant des cavernes
Pour enfants.

ISBN 2-89512-054-4 (br.)
ISBN 2-89512-097-8 (rel.)

I. Reno, Alain. II. Titre.

PS8581.A665G66 1999   jC843'.54   C99-940463-6
PS9581.A665G66 1999
PZ23.P36Go 1999

Directrice de collection : Lucie Papineau
Direction artistique et graphisme : Primeau & Barey

Dépôts légaux : 3e trimestre 1999
Bibliothèque nationale du Québec
Bibliothèque nationale du Canada

Dominique et compagnie
Une division des éditions Héritage inc.
300, rue Arran, Saint-Lambert (Québec) J4R 1K5
Téléphone : (514) 875-0327
Télécopieur : (450) 672-5448
Courriel : info@editionsheritage.com

Imprimé à Hong Kong
10 9 8 7 6 5 4 3 2

Nous remercions le Conseil des Arts du Canada de l'aide
accordée à notre programme de publication, ainsi que la
SODEC et le ministère du Patrimoine canadien.

gontrand et le croissant des cavernes

Lucie Papineau

À Marie-Jeanne

ALAIN RENO

À Dominique Payette,
mon éditrice et amie

Dominique et Compagnie

Il y a longtemps, si longtemps que personne ne s'en
souvient vraiment, vivaient les hommes des cavernes.

En plus de dormir dans de vraies grottes, ils chassaient
le mammouth et le bison sauvage, ils ne se brossaient
jamais les cheveux et ne se lavaient jamais les oreilles.

Gontrand, comme tous les enfants des cavernes, était très heureux.
Toute la journée, il jouait dans la forêt avec ses amis :
Doris le dodo rieur, Gilles le crocodile poilu et Yvonne la dragonne folichonne.

Mais lorsque la nuit tombait, couvercle d'encre sur le chaudron
de la terre, Gontrand ne jouait plus. Il s'assoyait dans la clairière
pour écouter les histoires du Sorcier masqué.

– La nuit est là... disait la voix caverneuse du Sorcier masqué.
La nuit noire et impénétrable, la nuit où rien ne brille.
La nuit, les géants de l'Ombre sont rois.
Ils rôdent partout, ils déroulent leurs doigts
longs et crochus entre les arbres, les pierres,
dans chaque sentier.

Personne n'est jamais revenu du royaume de l'Ombre.

En entendant ces paroles, Gontrand se blottissait contre sa maman.
Il se nichait dans son odeur. Une délicieuse odeur de croissant
doré tout chaud, qui savait faire fondre les peurs comme du beurre !

Il faut dire que sa maman était chef d'une tribu
vraiment extraordinaire : la tribu de la Grande Pâtissière.

Heureusement qu'au petit matin le soleil chassait les ombres et leurs géants.
Un jour, Gontrand décida d'organiser un grand pique-nique de croissants,
suivi d'une incroyable partie de cache-cache.

À cheval sur le dos de son dodo, Gontrand avait d'abord cherché Yvonne,
sa dragonne préférée. Comme d'habitude, ça n'avait pas été trop difficile.
Elle s'était dissimulée derrière une marguerite un peu trop... petite !

Les trois amis partirent ensuite à la recherche de Gilles.
Pas de crocodile dans le nid des grenouilles géantes,
ni sous les palmes des cocotiers roses, personne dans
le terrier des taupes à trois yeux.

Nulle trace de crocodile poilu,
pas le moindre petit poil !

De fleur en fleur, de cachette en cachette,
Gontrand et ses amis s'enfoncèrent
dans la forêt profonde.
—On donne notre langue au chat des cavernes,
Gilles... Tu as gagné. Où es-tu ?

Pas de réponse.

   – Vite, il faut retourner à la clairière, le soleil va bientôt se coucher !
Pas le moindre petit bout de réponse.

   – Il doit être dans la rivière aux nénuphars,
     chuchota Doris le dodo. Venez, on va le surprendre !

Au beau milieu des nénuphars puants,
Gilles le crocodile ronflait.
– On t'a eu ! cria Gontrand en sautant dans la rivière.
– On est les meilleurs ! déclara Yvonne en l'éclaboussant.
– Réveille-toi ! ajouta Doris en lui tirant la queue.
– Quoi ? demanda Gilles d'une voix pâteuse.

– Bonne nuit ! répondit le soleil en se couchant sous les draps de l'horizon.
Les quatre amis se regardèrent, consternés.

La nuit les avait surpris au cœur de la forêt profonde.
Loin, beaucoup trop loin de la clairière.

Tremblants de peur et de froid, ils se serrèrent les uns contre les autres.
Le cœur de Gontrand battait très fort : boum, boum boum, comme un tambour fou.
Le vent secouait les branches des arbres menaçants :
zing, zing zing, comme un violon détraqué.

Gontrand ferma les yeux... Il ne voulait pas voir la danse des géants de l'Ombre :
boum, zing boum, comme une gigue endiablée.
Bientôt, il le savait, les géants seraient là.
Leurs doigts crochus s'inséraient déjà entre les pierres,
entre les arbres, jusque dans le sentier.
L'obscurité était leur royaume.

Pendant ce temps, dans la clairière,
que faisait la maman de Gontrand, la Grande Pâtissière ?
Malgré l'heure tardive, elle faisait cuire des croissants.
Elle travaillait si fort qu'elle n'avait pas remarqué la fin du jour.

Lorsqu'elle leva enfin les yeux de sa pâte blonde,
ce fut pour voir le soir qui basculait dans la nuit.
– Gontrand ? murmura-t-elle soudain. Mais où est mon Gontrand ?
Seul le bruissement des ombres s'insinuant entre les arbres lui répondit.

La Grande Pâtissière sentit son cœur se serrer.
Une petite voix, celle de Gontrand peut-être, répétait dans sa tête :
« Personne n'est revenu du royaume de l'Ombre, personne... »

– Non ! cria-t-elle en défiant la nuit. Toi, tu reviendras !

Juste à ce moment, une fumée noire et dense
vint lui piquer les yeux.
  – Mes croissants, s'écria-t-elle, ils brûlent !
  La Grande Pâtissière se précipita aussitôt vers son four.
Le feu rougeoyait, plus fort et plus chaud que jamais.
La fumée, en s'échappant, se mit à danser avec le vent.
Tournant ses yeux rougis vers le ciel, la Grande Pâtissière
laissa échapper un grand oh ! de surprise.

Dans les tourbillons de fumée, un reflet s'était envolé.
Le reflet d'un croissant doré... Porté par la lueur intense du feu,
il brillait maintenant très haut dans le ciel, illuminant la nuit.

Émerveillée, la Grande Pâtissière regardait la forme
qu'avait prise son souhait : celle d'un croissant de lumière.

Au plus profond de la forêt, une douce chaleur caressa tout à coup la joue de Gontrand.
– Maman ? C'est toi ?
Sans attendre la réponse, il ouvrit un œil, puis l'autre...
pour découvrir le merveilleux croissant brillant. Les ombres reculaient
rapidement entre les arbres, dévoilant peu à peu le sentier perdu.

Les géants de la nuit s'étaient tus.
– Je vois, s'écria Gontrand, je vois dans la nuit !
Et vite, vite, le petit garçon, le dodo, le crocodile et la dragonne folichonne
se mirent à courir dans le sentier,
guidés par le reflet du croissant doré.

Ainsi, Gontrand fut le premier enfant des cavernes
à retrouver son chemin dans la nuit. Le Sorcier masqué
organisa une fête qui dura toute une semaine !

Depuis, la Grande Pâtissière ne chauffe son four de pierre que la nuit venue.
Dans le ciel, le reflet prend parfois la forme d'un beau pain rond,
celle d'un demi-gâteau à la crème ou, plus souvent,
celle d'un croissant, du plus mince au plus dodu...

Ce reflet, Gontrand lui a donné un nom. Il l'appelle lune.

Voilà pourquoi, le soir venu, on peut voir briller la lune aux multiples visages.
Pour retrouver son chemin dans la nuit.

Pour réchauffer ceux qui ont froid.

Pour faire fuir les géants de l'Ombre.

Et parce que l'arrière-arrière-arrière-arrière-arrière-petite-fille
de la Grande Pâtissière fait toujours cuire
les meilleurs croissants du monde !